津川絵理子

tsugawa eriko

作品集

I

ふらんす堂

目　次

和音　5
はじまりの樹　81
初句索引　季語別全句
あとがき

津川絵理子作品集 Ⅰ

句集　和音

目次

序・山上樹実雄
帯・鷲谷七菜子
Ⅰ …… 18
Ⅱ …… 34
Ⅲ …… 51
Ⅳ …… 65
あとがき

序――――山上樹実雄

津川さんはかつて年少の頃に毎日欠かさず写生画を描いていたそうである。油彩を主としていたが、この絵ごころは南画を嗜む敬愛の祖父の影響を受けてのことと推察される。この句集『和音』を通読して感じるのは、写生を体験して来た人の具象力が言葉においても発揮されているという手応えであった。一例を挙げよう。

蛇皮線に跣足の十趾をどりだす

「跣足の十趾」の具体感により、蛇皮線の音が弾けるように鳴り出しているではないか。

この若い作者の感興は、絵画にとどまらず音楽や映画にも詳しい。例えば映画のことを話題にすると、イラン映画の「桜桃の味」やベトナム映画の「青いパパイヤの香り」など、ミニシアター系の良質な映画作品に及んで話がはずむと言った具合である。いや、こんな話を続けてゆけば切りがない。本題の『和音』の世界に浸るべく作品に触れてゆくことにする。

初蟬のながき調律はじまりぬ

言うなれば書名もそう、この「調律」の言葉にも作者の音楽への関心の深さが読みとれる。春蟬は別として、梅雨明け頃から鳴き出すのがにいにい蟬、ジージーと弱い声で鳴き始める。それを調律をしているようだと感受した新鮮な感性は一興に値する。初蟬の声を「ながき調律」と表現しながら、実は比喩であることを気付かぬほどに同化しているのだ。その自然さが尊い。

大独楽の酩酊といふ崩れやう

この句も暗喩の例と言えるが、独楽の崩れようを鋭く的確に言い当てていることに同様に注目した句である。

こうした比喩の句が成功するには、何より作者の柔軟な感性がものを言う。それが自然さを生み読者を快くさせるのであろう。

因みに作者の卓出した感性の確かな例証を示す句を挙げてみる。

　初蚊帳のすこしすつぱき香に寝たり
　刃の触れてはじけ飛ぶ縄西瓜の荷

蚊帳はそう言われると、吊り初めにこの酸っぱさを感じた記憶が私にもある。多分に布地の成分のせいであろうが、そうでなくとも初蚊帳なればの趣は共感出来る。そして後句、元来がころがりやすい球形の西瓜なればと確と縄からげをした。その縄も御用済みとなり、いざ刃物を当てたこの感触はまさに実感的、「はじけ飛ぶ」のである。

夫々が確かな現実感を訴え、ものの存在感をあきらかにしているのも、作者の犀利な感覚に裏付けられているからであろう。

『和音』を丹念に読んでゆくと、ユーモアの滲む鮮度のいい俳諧味のある句に出会って思わず微笑む。

苗札の大きなかほをしてゐたる
たくさんの吾が生まるるしやぼん玉
水筒の水大揺れに初登山
野分して羽毛の中の鳥の貌
着地点まちがへまちがへ蝗跳ぶ
藻といふ字のみつしりと梅の花
雛このさらはれさうな軽さかな
逃水に体内の水呼ばれをり

一部を抽出したが、これら詩心がまことに豊潤、自他を忘れて愉悦のほどを覚える。少し鑑賞に筆を進めよう。
「しやぼん玉」の句、口元で大きく膨らむ気泡に自分の顔が映りやがて発ってゆくのだが、ここを「たくさんの吾が生まるる」と感知しているのは気の利いた洒落と言える。

「水筒」の句、難行のさまを想像させる水筒の水の「大揺れに」は「初登山」なればこその親密な呼応があり、確かな言葉選びから成った句である。「水大揺れ」の可笑しさ。

五句目「蟆蚸」の句は、後肢が発達し過ぎているせいなのか、手当り次第に飛翔する蟆蚸の実体感を軽妙にとらえて笑いを誘う。

「雛」の句、見た目の軽さだけではなく、子供の悲劇の相次ぐ現在の世相への風刺を込めた感覚的な把握と取れる句である。

「逃水」の句は作者独自の感性を披露、蜃気楼の一種で地上の高温の空気の気層による光の異常屈折が起ることから、そこに在ると見える水溜りが近付くと遠ざかる現象で、作者は体内の水分さえも呼ばれようかという意外とも思える清新な感受性を見せている。

これら作品の諧謔性は当然のごとく作者自身のユーモアの表われである。作ろうとして成るものではない。人間が洒落ているのだ。

以下、なお感興尽きぬ佳品の幾つかを取り上げて推奨したい。

水着きてをんな胸よりたちあがる

「水着きて」の的確さがあっての胸の存在感が鮮やか。それも「胸よりたちあがる」の生きた表現による。冷静な目で同性をとらえて余すところがない。

石庭を立ち見坐り見して二日

京の竜安寺とは限らぬが、石庭の石十数の配列の妙に対し感動するさまを、「立ち見坐り見」という具現の姿で示している。これはほとんど忘我の表情と言えるもの。さらに元日とは違った「二日」の解放感がこの場を支えている。季語もまた絶妙の配合をもって一句を生かしている句である。

伯林《ベルリン》と書けば遠しや鷗外忌

軍医として衛生学上の調査研究のため、足掛け五年のドイツ留学を果した森鷗外は、その体験をもとに処女小説『舞姫』を世に問うた。『舞姫』

は文語調で書かれ、しかも地名は独逸《ドイツ》の伯林といった具合に漢字を使うのがその時代の通例ではあった。この句の「伯林と書けば遠しや」の述懐は船旅による途方もない時間をかけての当時の伯林の遠さと共に、畏敬の鷗外が生きた時代の遥けさに思いを寄せた懐古の情、詩心鮮やかな挨拶である。

終りに触れ得なかった佳品をここに書きとめておく。

靴底のななめに減りぬ賞与月
うつすらと空気をふくみ種袋
屏風絵につづくこの世の朧かな
祇園会の屏風の裏を見て棲める
あをあをと氷あふれて秋刀魚の荷
着ぶくれて街中なんと鏡多し

こうして触れてきた『和音』の世界には、新鮮な手造りの発想が随所に見られて不思議な世界へ誘われるという期待感すら覚える。それでいて俳句の骨法を弁えている人である。私としては手を大きく拡げてこれを受けとめ、いよいよ自在境へと羽搏く作者を見守っていたい。この作者に本格を感じるのは、自身の平常の呼吸に俳句が合っているということであろう。

平成十八年　季夏

帯――――鷲谷七菜子

噴水の落ちゆく快楽ありにけり

一定の高さまで噴きあがった噴水の落ちてゆくとき、そこに快楽《けらく》を感じるとは何という深遠な受けとめ方であろうか。

単なる美の感覚ではないことを、つくづくと感じさせる句である。

Ⅰ

初耀の輪のじりじりと狭まり来

次の日に春一番と思ひけり

受験子の寄れば鋼のにほひせり

校門を出てくちぶえの卒業歌

雛納め雛よりしらぬ闇のあり

テーブルのむかひにだれもゐぬ日永

春愁の帽子愛しと言はれけり

生きてゐて水汚しゐる浅蜊かな

初桜髪そろへたる眉の上

あたらしき名刺百枚朝桜

敷く花に朝一番の轍かな

大橋を霞の国へ渡しけり

一握の土のつめたき苗を買ふ

苗札の大きなかほをしてゐたる

なにごとかふりきるやうにボート漕ぐ

春時雨鷗の群をひとつほどく

群青の一鱗持てり桜鯛

猫の子を上に下にと愛でゐたり

永き日やあるじ出てこぬ骨董屋

鮊子を泥のごとくに量りをり

薔薇の家と人に教へしわが家かな

子燕の母呼ぶ頸の抜けさうな

初蟬のながき調律はじまりぬ

看板なき職人の家走り梅雨

空より青し梅雨晴の水たまり

涼しさやちらと舞子のつねのかほ

路地奥へ客となりゆく夏灯

初蚊帳のすこしすつぱき香に寝たり

水着きてをんな胸よりたちあがる

父を子と呼ぶひとのゐて夏休

黒鍵に樹々の映れる夏館

炎天を仰げば髪の重さかな

夕立の動物園に森の声

律院の一汁一菜水やうかん

香水のほのと異国の大男

サングラスかけて視線をはづしけり

稲妻やふたりの距離の縮まらぬ

土買ひて両手ふさがる初嵐

一片の光は人や秋の道

洗ひても生臭き皿秋暑し

刃の触れてはじけ飛ぶ縄西瓜の荷

鈴振るやうに間引菜の土落とす

チェンバロの金色の音の九月かな

なめらかな枝のばす樹に小鳥くる

衣擦れの遠くよりして秋の蛇

柘榴裂け幾百粒が我に向く

掃き終へて庭に月光むかへけり

新築の家に灯ともる良夜かな

秋蝶のひかり離さぬ翅づかひ

正論にひそかに耐へし夜長かな

踏み入りて草のしぶきの蟀蚱飛ぶ

実柘榴の耳まで裂けてゐたるかな

秋袷ひと抱くやうに壺をだく

婉然と煙放てる毒きのこ

奥の間に魔鏡あるべし十三夜
天高し音にはじまる陶器市
もののしき名の百菊のしづかなる
秋の灯を和紙につつめる喫茶室
砂利道の雨を吸ふ音残る菊

くちばしの一撃ふかき熟柿かな

地図になき山の村より柚餅子売

かりそめの日のさしてゐる茸かな

だんだんに容赦なき色唐辛子

小春日のペンキが流れつつ乾く

加湿器の音かすかなり冬薔薇

冬の虹友と呼ぶには遠き人

たはむれに糸を結べば綾取す

にんじんの葉のさりさりと初氷

未知のこと多く大判日記買ふ

水涸れてざつくりと谷空いてゐし

靴底のななめに減りぬ賞与月

水槽の河豚怒らせてみて買へり

いきもののごとくに運ぶ餅ぬくし

あひづちを打たざる無言暖炉燃ゆ

冬夕焼ちりちり煙草短くなる

ラジオより黒人霊歌霙ふる

寒紅を濃くひく我をおそれけり

久女忌の氷の色のリボン結ふ

待春の階段一段とばしして

クレパスの七十二色春を待つ

Ⅱ

百歳の声を待ちゐる初座敷

初雀弾みて土のすこし飛ぶ

大独楽の酩酊といふ崩れやう

みひらきに心平の詩や犬ふぐり

うつすらと空気をふくみ種袋

草の芽や忘れたころに来る返事

屏風絵につづくこの世の朧かな

靴ぬいで拇指あそばす春の昼

ひとすぢの折り目に立つや紙雛

知つてゐる花より見えて春野かな

たくさんの吾が生まるるしやぼん玉

六方を踏んで初蝶来りけり

棒鱈に流木の相ありにけり

春光や高跳びの背のおちてくる

苗札挿すわづかに天へ傾けて

囀の森に奥行うまれけり

囀やポットの中の茶葉ひらく

飛行船の影わたりゆく春田かな

軋みつつ花束となるチューリップ

花過ぎの手首にたまりゆく輪ゴム

横むすびに流すスカーフ初燕

ひとり居るときの腕組み落椿

子燕のいまのはあくびかと思ふ

子燕の口を数へて朝はじまる

朽ちてゆく木の香の甘き卯月かな

初蟬や森の封印解かれたる

筆洗に水満たしある夏座敷

落し文一語つつむに良かりける

誘ひの片門ひらき夏館

青蔦の中のどこかに非常口

蛇の身の波うつてゐるひとところ

噴水の落ちゆく快楽ありにけり

香水の香の輪郭の来て座る

真闇より否とこたへて蟇

盛装の翅得て羽蟻飛びたてり

巣の中のかへらぬたまご梅雨深し

十薬のたちあがり咲く茂吉の家

落ちさうで落ちぬ水滴さくらんぼ

めくるめく最上川《もがみ》の風のさくらんぼ

空蟬をたくさんつけてしづかな木

蟻の道追ふ眼だんだん暗くなる

祇園会の屛風の裏を見て棲める

祇園会に羽化する少女まぎれゆく

客の来し店より夜店はじまれり

巣の蜘蛛の正位置にある朝日かな

海鞘食うてすひつくやうな陸奥なまり

放水の屋根越えて来る大暑かな

紙魚さへも見捨てし本のうづたかく

寝ころべば風と出会へる土用かな
蛇皮線に跣足の十趾をどりだす
水筒の水大揺れに初登山
登山馬息もろともに声を吐く
炎天より降りて雀にもどりけり

夏の果渚に犬の鎖解く

鶏の駆けくるごとく夕立来る

海の名のかさなるあたり大夕焼

火をおこすとき八月の石にほふ

今朝秋の新聞の香に菜をつつむ

七夕竹さやさやと手を傷つけし

いつせいに泡立草の天下かな

どこからか猫帰り来し露の宿

大根とならむとする香間引菜に

間引菜の一盛空気買ふごとし

小鳥来る読み返しつつ書く手紙

大花野雲の標本ひろげあり

野分して羽毛の中の鳥の貌

はじかれてはじかれて蜻蛉つるみけり

鏡中を真顔ののぞく稲光

無花果をなまあたたかく食べにけり

十月や河遡る海のいろ

切株に樹液玉なす小春かな

犬の尾のたれかれに揺れ冬うらら

胸中にラベルのボレロ十二月

造花よりほこりのたちぬ冬館

古日記かの日の頁開きやすし

冬薔薇鏡の中の見慣れぬ部屋

極月のたてよこに掃く石畳

はつはつと白息をもて諭さるる

くれなゐの脚に身をのせ百合鷗

短日のマネキン倒れゐて笑ふ

あるだけの大漁旗干し年用意

スキーゴーグル青き太陽とらへけり

寒木の互ひに影を落しあふ

切札のひらりと出たる炬燵かな

癒ゆる身に豆やはらかく打たれけり

Ⅲ

原色の走者一団去り焼野

猫の息手にあたたかし梅の寺

恋猫のためし鳴きして出てゆけり

雛となるまで一枚の紙を折る

くつぬぎの石の大きな雛の家

青信号つけば楽鳴る春の雪

蟻穴を出づひとつぶの影を得て

あるときはたたかふごとし恋雀

職人にペンキの飛沫春一番

鳥帰る心もとなき数をもて

春の潮すれすれに島灯るなり

鳥帰る巷にものの煮詰まる香

水中の太陽近し水草生ふ

花見莫蓙てふ日だまりのひとりかな

花過ぎの日記一行にて足らふ

踏青や小石に弾む車椅子

春の蝿己が大きな眼をぬぐふ

さりげなく吾が名の入りしエリカ咲く

蝌蚪の水大聖堂をうつしけり

木漏れ日のあつまるごとき子鹿かな

屈折し反射し夏至の日のとどく

まなじりを蛇の殺気の流れけり

峰雲や微熱のこもる眉がしら

茂吉の家へ庭より入る涼しさよ

まなざしをひとつひとつに沙羅の花

涼しさや夢殿の中からも風

百合生けて壺より深き水と思ふ

香水のほのかなちから借りにけり
香水をかぐ一点をみつめつつ
箱庭を野良犬ほどの蟻通る
山蟻に雫のやうな眼のありき
夏痩の大きな顔でありにけり

鉾立てのしづかに楔打ちはじむ

娘より母の美し藍浴衣

打水に誘はれて入る珈琲館

触れあはぬ距離に街路樹夜の秋

生御魂目配せのみに人使ふ

星まつる船たかだかと陸にあり

火をおこす一念に似て虫の声

大きく小さく看取りの影よ秋灯

露むすぶ声かグノーのアヴェ・マリア

着地点まちがへまちがへ蟋蟀跳ぶ

街道に佇ち露けさの西ひがし

一幅に一字のあそぶ良夜かな

秋燕や岩に生まるる川の音

唐辛子今日より色の暗転す

小鳥来て声につながる山と山

大花野地球自転の風たちぬ

秋惜しむ書架の梯子の上にゐて

珈琲館に吾が席できぬ冬隣

問ふ人に耳を向けたる菊作り

夜は明けぬ八手の花の微光より

冬林檎かじり未完の設計図

黒セーター被る自分を消すやうに

返り花とまぶしきものを指しにけり

グレコ描く風雲の天冬薔薇

冬波の底見ゆるまでゐぐれけり

てのひらの小銭のにほひ十二月

印象派展霰の音につつまれし

放課後のにほひと思ふ枯葎

短日のオセロ一挙に裏がへる

枯木山人声が径ひらきけり

剣山のいくつかひそむ寒の水

枯野の犬不信の貌をして過ぎぬ

寒紅をひく病む人に背を向けて

ぎつしりと闇の密度の冬星座

Ⅳ

遠来の波足もとに初明り

石庭を立ち見坐り見して二日

藻といふ字のみつしりと梅の花

薄氷に見ゆひとはけの風の色

雛このさらはれさうな軽さかな

チェロふいに男の声を出す朧

神戸には山手海の手風光る

春風や亀に逃足らしきもの

穴を出て蛇うつとりと這ひだしぬ

囀や静止をせむと水鏡
差しやすく抜けぬ指輪よ亀の鳴く
銭湯の一番客となる遅日
鷹鳩と化しうしろ手に歩みだす
花冷の壁やローランサンを掛く

桜餅しづかな客の来てゐたり

足弱の祖母に靴買ふさくらどき

雀の子餌を逃さじと口結ぶ

なんやかや粗品付けられ万愚節

約束の時間が過ぎてゆく朧

逃水に体内の水呼ばれをり

テーブルの果実の喜色聖五月

滴りの音まつすぐに胸へ落つ

やはらかくはじけてふたつ黒揚羽

緑陰に楽器のやうなオートバイ

あぢさゐの色の豪雨となりにけり

脱ぐといふ快楽全き蛇の衣

蜘蛛の子の風に乗らむと揺れはじむ

緑さす等身大の自画像に

父の日や屑籠に反故犇めきて

梅雨晴間鴉も話すこと多し

空蟬の押しあひしまま刻とまる

腕の中百合ひらきくる気配あり

伯林《ベルリン》と書けば遠しや鷗外忌

すすみゆく蛇の直線やはらかし

考へのかたまつて浮く海月かな

簾より聞き捨てならぬ独り言

空白の時代が父に紙魚走る

眉唾てふ仕草を蟻もしてをりぬ

向きなほる蠅虎のこの勝気

糶られゐる間も章魚の眼の油断なし

汗の顔仮面剝ぐかに拭ひけり

屈伸のがんぼ笑つてはをれぬ

飛石を跳び鴨川は水の秋

あをあをと氷あふれて秋刀魚の荷

考ふる時間こまぎれ小鳥来る

万葉の歌碑をなぞれば秋のこゑ

くちびるにレモンのしみる鳳作忌

余韻とも旅疲れとも鰯雲

見えさうな金木犀の香なりけり

木犀の香の濃し淡し家探す

ひくく飛ぶ秋蝶きつと濡れてゐる

土くれの粒だつ山の茸狩

人影を渡してゆくよ柿すだれ

病む人のまた起きてくる夜長かな

黒セーター着て考ふる葦となる

忙中の閑の湯にあり花八手

着ぶくれて街中なんと鏡多し

ポインセチア日なたに出して開店す

冬日散らしてヘルメットの傷無数

何焚いてこの濃き煙十二月

ふくらめる胸の粗さよ寒雀

書き出しの逡巡つひに風邪ごこち

謎多き人の寒紅濃かりけり

通勤の寄り道ごころ春隣

煤けたる雀の顔よ四温光

靴音の海岸通り日脚伸ぶ

あとがき

気持ちが言葉になる瞬間が好きです。自分の中のもやもやしたものが濾過され、あるいは蒸溜されて一滴の雫となるまで、何日も、時には何年も待ちます。時間をかけて出てきた言葉が、このように句集になるなんて不思議で、とても嬉しく思います。

山上樹実雄先生、鷲谷七菜子先生には、身に余る序文と帯文をいただきました。心から御礼申し上げます。句友の皆様、諸先輩方、装幀を引き受けてくださいました戸田勝久さんに深く感謝いたします。そして、私を育ていつも励ましてくれた、祖父と亡き祖母にも。二人がいなければ、私は俳句を作ることはなかったでしょう。ありがとうございました。

平成十八年七月

津川絵理子

句集　はじまりの樹

目次

帯・山上樹実雄

Ⅰ …… 86
Ⅱ …… 90
Ⅲ …… 100
Ⅳ …… 107
Ⅴ …… 120
Ⅵ …… 128
Ⅶ …… 137

あとがき

帯――山上樹実雄

真清水を飲むやゆつくり言葉になる

画家である祖父のもとで成長した作者は無垢の心そのままに俳句を愛してやまず、今では俳句から愛されている稀有な一人のように私は思えてくる。

本物の俳人を目指せる人である。

Ⅰ

サルビアや砂にしたたる午後の影

放たれし夏蝶とその残像と

打ち水の乾き初めたるころに客

八月や湧水は面をやぶりゐる

銀やんまちかぢかと見て隙のなき
飛ぶ前の貌かたくして蠑螈ゐる
望の夜の人にてのひら魚に鰭
閉ざされて月の扉となりにけり
音もなく窓濡れてゆく万年青の実

拾はれず踏まれず黒き皮手套

綾取や十指の記憶きらめける

笹鳴や亡き人に来る誕生日

冬帽子遅まきながら家を出て

両隣しんとしてをり煤払

捨猫の出てくる赤き毛布かな

臘日の首振つて来る鳩の影

神籤読むひとりの日向実南天

ひらめくや冬の林檎を割るごとく

Ⅱ

四五人の雨を見てゐる春火桶

店頭にうぐひす餅が初音ほど

古巣みつけし休日の歩幅かな

うすうすと山重なりぬ雛の日

いななきを遠くに聞いて卒業す

ふらここ漕ぐ空より眼はなさずに

芽柳やはじまる前のちんどん屋

燕来る朱のあたらしき中華街

電車待つ横顔ばかり黄沙降る

熊蜂の一点に景集中す

雲雀野や並んでくすぐつたき距離に

ぜんまいの眠れるままを採つて来し

桜餅買うて力士の遊山かな

通勤の濃き影桜蕊降れり

真清水を飲むやゆつくり言葉になる

亀ときに夏の落葉の音を曳き

ペンダントぴたりと汗の身の真中

風鈴を鳴らさずに降る山の雨

籐椅子の腕は水に浮くごとし

飼ひ犬の老ゆるはやさよ鴨足草

日当りて箱庭の土あらあらし

石段に雨脚の立つ祭艜

向日葵のその正面に誰も居ず

金魚にも遊びごころや流れゆく

立ち直りはやし絵日傘ぱつと差す

峰雲へつめたき脚を組みにけり

噴水の秀をはづれつつ昼の月

茄子の馬もの問ひたげなかたちなる

大輪の薔薇に香のなき秋暑かな

涼新た昨日の傘を返しにゆく

夜通しの嵐のあとの子規忌かな

野良犬のついてくるなり在祭

八分目満ちて風船葛かな

木犀やバックミラーに人を待つ

長き夜を滅びへローマ帝国史

革靴の光の揃ふ今朝の冬

ボジョレヌーボー火点すやうに注がれけり

綿虫や仕舞ひつつ売るみやげもの

しぐるるや思はぬ色に草木染

ぶしつけなこと訊いてゐる牡丹鍋

病院の近づいてくる枯野かな

群がつてひとりひとりや日記買ふ

賀状書くひとつ机に起きなほり

雪嶺へ銀紙きらとチョコレート

聖樹より森はじまつてゐるらしき

天井に声のあつまる初湯かな

甲子園春風町へ初電話

耳袋して雑踏をすいすいと

水仙のしんと初心の香をひらく

蜂蜜にすこし森の香日脚伸ぶ

Ⅲ

こぼしたる水のごとくに犬ふぐり

おとなでもこどもでもなく春の猫

まんさくや焦点どこに結びても

孕み鹿つめたき鼻を浮かべたる

如月ややがて落ちくる紙吹雪

啓蟄の地面見てゐる独り言

芽柳のなかあきらかに鳥一羽

貝寄風や柱まぶしく家の建つ

桜湯のなかも真白き曇り空

花過ぎの生活たとへば点描画

エレベーターどこかに止まる音日永

行く春のひとりの卓に椅子四つ

ガソリンの一滴にほふ茂かな

向き合うてふつと他人やかき氷

梅雨空といふ縦長の景色かな

自転車の細身に過ぎぬ青田風

となりまで五十光年星涼し

おとうとのやうな夫居る草雲雀

新涼や竹林の風空より来

揺れながら魚の泳ぐ白露かな

無月なり鉄のにほひの駅に着き

秋草に音楽祭の椅子を足す

甘海老ののんどを通る良夜かな

占ひのひとつは当り種茄子

フルコースのフォーク・スプーン赤い羽根

旧暦の小さく書かれ返り花

小春日やときどき歩く立ち話

日向ぼこ大樹の影が触れてくる

初箒まだ日当らぬところより

雪晴やガラス戸消ゆるまで磨く

鳶・鴉・鷗を放つ寒さかな

空中へ大縄跳の子ら揃ふ

水仙や折り目をかたく手紙来る

くちびるのざらりと遠き火事のあり

Ⅳ

道場は校舎に離れ梅白し

水音のうへの二月の橋渡る

みちのくの土の弾力ふきのたう

金色に竹の枯れたる雨水かな

飯蛸の炊かれて頭たちあがる

花ミモザすとんとうすき服を着て

囀に干すくつしたの指五本

残雪に当てててトラック止まりけり

ころころとよく汚れたり恋雀

さへづりや枝に吹かるる糸電話

ひつそり減るタイヤの空気鳥雲に

少年の顔の近づく春の川

山笑ふ雑巾のみなあたらしく

工事場のみじかき鶺鳥曇

洗顔のてのひらぬくし初桜

花の雨電車の扉ひらくたび

白き手の津軽三味線さくらの夜

行く春や海見えずして潮の香

外したる指輪の重し棕櫚の花

薬臭のふつと廓の夕薄暑

ビール飲む奥の座敷に詰め込まれ

風薫る俎皿の置きどころ

骨切りの鱧を畳んで持たさるる

涼風や直感で入る喫茶店

タンカーの静止してゐる白雨かな

あぢさゐの風湧く数となりにけり

縫うて着て簡単服の昼長し

太陽がすぐそばにある日傘かな

ためらひのなくて全き蛇の衣

たつぷりの水の重さの吊忍

坪庭に坪のあをぞらあり涼し

蠅虎風向きふいに変はりたる

水母浮くつめたき潮に触れにけり

すこしづつ皮余らせて大蛇老ゆ

神木は樹齢千年千の夏

頬杖の肘に遠雷ひびきくる

バケツ一杯の白球晩夏光

向日葵へホースの水をするどくす

池の水しづかにあふれ蓮の花

七夕竹虫のたまごを付けて来し

紀ノ川の太りてきたる盆の月

沈黙のほのぼのとあり生御魂

とめどなき雫の水蜜桃をむく

秋涼し身長のまた伸びたるか

直線のふくらんでゐる新豆腐

新豆腐のせててのひらおろおろす

義仲寺を行つたりきたり秋扇

助手席の吾には見えて葛の花

飛び石のひとつが遠し秋の草

風となる煙草のけむり秋彼岸

ぐづぐづと鶏頭らしくなつて来し

また釣れて釣人しづか秋曇

貼りかへし障子の白さ何度も見る

初雁や舌でこはせる砂糖菓子

冷え切つてくちなは坂の今も在り

かりがねの棹とも言へずつながれる

たまさかに澄むといふこと木の実独楽

主婦となるセーターの腕ながながと

クリスマスローズ低きに陽をあつめ

安らかな落葉の嵩となりにけり

鯛焼のやきたてといふ面がまへ

こだまする館内放送日短か

狐火や口中の飴細りつつ

対岸の人の大きなマスクかな

蜜柑もぐ蜜柑山より顔を出し

ようごく成人の日の喉仏

V

つばくらや小さき髷の力士たち

樹の色になじんできたる巣箱かな

菫草たばこの灰のかかりたる

燕来る胸ポケットの高き位置

囀やごろんとこれが神の石

摘草に永き踏切ありにけり

行く春や種たつぷりの鳥の糞

キャンパスに誰も来ぬ場所春落葉

葉桜や黒板を打つチョークの音

驚きて怒りて蜘蛛の揺れやまず

夏草のにほひの過る指相撲

隠れ里見えたる螢袋かな

早苗饗の太きうどんを啜りけり

滝涼しともに眼鏡を濡らしゐて

風鈴やかならず晴れて誕生日

大波をかぶる下から泳ぎだす

地下道のこんなところへ出て九月

太刀魚の傷つきやすき光かな

菌汁夜の近づくにほひなる

酢橘籠ひとつこぼれてとめどなく

秋惜しむ双眼鏡を湖へ向け

休日の夫の勉強三十三才

ビルの間の適塾といふ冬日向

引き寄する椅子の重たき鮟鱇鍋

子規の目がありぬ枯草枯葎

大楠に臍あり乳あり冬日燦

犬の尾のきりきり巻くよ餅配

鍋焼や女の太き笑ひ声

身じろぎのみな音となる紙子かな

白鳥の怒れる腋を見せにけり

すごろくに宝島あり休みけり

初鴉飛ぶどこまでも松林

鏡餅わが家の臍といふところ

少年の息のこもれる獅子頭

寒鯛の頰ゆたかなるあら煮かな

深々と伏し猟犬となりにけり

飛ばしたる土みづみづし寒雀

寒梅や駿馬の艶の馬頭琴

Ⅵ

春雪や吹きガラスまだ蜜のごと

小面にをとこの顎冴え返る

マストより綱八方へ春寒し

靴跡の幾何学模様蝶生る

直線のあつまりて街燕来る

木偶の足朧を踏んであらはるる

病む人の枕を正す遅日かな

病室へ耳をすませば春蚊くる

そのもとへ誰も着かざる山桜

桜咲くこの世に繋ぎとめられず

しばらくは拳に活けて菫草

藪つ蚊に開かれてゐる伽藍かな

揚羽蝶森の空気のひとかたまり

ものおとへいっせいに向く袋角

新樹よりのぼるガラスのエレベーター

花嫁の靴ちらちらと夏の庭

声すぐに水にさらはれ川床料理

蓴菜を飲み干す眼泳ぎけり

初蟬や木の葉いちまいづつ見えて

夏料理舌にすひつくものを噛み

皿のメロン茫々とある別れかな

激雷に幕があがりぬ阿波踊

くひこめる鼻緒の女をどりかな

踊子のすつくと立ちし出番かな

踏み台を椅子に机に涼新た

野分晴雀のかほの斑のつよく

祖父の杖いま父の杖草の花

月光にまだ熱からん藁砧

食べ終へて大きな鉢や衣被

雀化して蛤となる泥けむり

返り花守り袋のふつくりと

ときをりの舞妓のゐくぼ冬ぬくし

のし餅と畳つづきにねむりけり

テーブルの二辺余りぬ福寿草

四日はや鍼灸院の通気口

カーテンの襞から子ども冬日和

冬うらら鶏のまなぶたくしやと閉ぢ

ストーブの遠く法要すすみけり

冬雀檻の獣のしづかなる

暁の火事見て試験一日目

締めあげし縄の褌や鬼やらひ

松明の息ふきかへす追儺かな

ふるさとと呼ぶには近し冬菫

Ⅶ

藁屑のこぼるる草履春祭

あたたかや造花の瓶に水すこし

鶯笛まづ頓狂のこゑを出す

切り口のざくざく増えて韮にほふ

身じろぎをせぬ雛と居る昼餉かな

痩馬の尻に付きゆく摩耶詣

水槽の水の断面春の雷

尖りたる鉛筆の立つ春の闇

朧夜の「父」と着信ありにけり

鷹化して鳩となりけり祖母にひげ

竜天に登りて島を数珠つなぎ

沈黙の膨らんで来し蝌蚪の紐

木の音の階段のぼる桃の花

教室の入口ふたつヒヤシンス

人数の揃はぬ試合春の草

座布団のすべりの良さよ桜咲く

行く春の砂つけてゐる犬の鼻

電話の声近し新樹に囲まれて

湖は雨に消えたる夏座敷

葭障子透けて誰とも目の合はず

藪つ蚊の身を絞りたる構へかな

伐折羅大将怒髪の白く梅雨に入る

足音の絶えざる茅の輪くぐりけり

形代のわが名をのせてすこし反る

暑き日や皿にわづかの神馬の餌

尼寺の閉門はやし夏落葉

緑蔭にゐてまつすぐに人を見る

座布団を足して寝ころぶ夜の秋

秋風の家にピアノの椅子残る

日ざらしの供華あざやかや地蔵盆

蘆原にさし来る水のふくらめる

長椅子のところどころに月の客

一区切り自分でつけぬ草の花

竜淵にひそむ細波たちにけり

ピアニカの鍵すぐに尽く野分晴

ひとりぶん離れて座る草の絮

掃く音のみじかきさくらもみぢかな

ふんはりと紙につつまれ放屁虫

火恋し冴返さぬ夜の山

実むらさき朝の空気に磨かるる

飛行機の小さき窓に秋惜しむ

栗剝くや夜間飛行の読書灯

大股に来る人の手の吾亦紅

花よりも棘明るくて冬の薔薇

擦り減りし駅の階段十二月

社会鍋確たる音をたてにけり

日向ぼこしてゐる顔となつて来し

冬の蠅生まれ変はりのやうに居る

初寄席に肩触れ合うて笑ふなり

水鳥のくるりと水に順へり

エンジンの冷めてゆく音枯野原

やはらかく蹄のひらく冬の草

砂時計の砂のももいろ春を待つ

あとがき

『はじまりの樹』は私の第二句集です。二〇〇五年から約七年間の作品を纏めました。この間、結婚、長年一緒に暮らした祖父の死、と生活に大きな変化がありました。大切な家族を失いましたが、新たな家族と支え合いながら、日々私は生きて行きます。

山上樹実雄先生には身に余る帯文をいただきました。心から御礼申し上げます。鷲谷七菜子先生、諸先輩方、句友の皆さん、装幀を引き受けてくださった戸田勝久さんに深く感謝します。

二〇一二年　夏

津川絵理子

初句五十音索引

あ行

あひづちを 32
あをあをと 73
青信号 52
青蔦の 40
暁の 136
秋袷 28
秋惜しむ
—書架の梯子の 61
—双眼鏡を 124
秋風の 143
秋草に 104
秋涼し 116
秋蝶の 27
秋の灯を 29
揚羽蝶 131
足音の 141
あぢさゐの
—色の豪雨と 70
—風湧く数と 112
蘆原に 143
足弱の 68
汗の顔 73
あたたかや 137
あたらしき 20
暑き日や 142
穴を出て 66
甘海老の 104
尼寺の 142
綾取や 88
洗ひても 26
蟻穴を 52
蟻の道 42
あるだけの 50
あるときは 53
飯蛸の 108
鮊子を 22
生きてゐて 19
生御魂 58
いきものの 32
池の水 115
誘ひの 40
石段に 94
一握の 20
無花果を 48
いつせいに 46
一幅に 60
一片の 25
稲妻や 25
いななきを 91
犬の尾の
—たれかれに揺れ 48
—きりきり巻くよ 126
癒ゆる身に 51
印象派展 63
鶯笛 137
うすうすと 90
薄氷に 65
打水に 58
打ち水の 86
うつすらと 35
空蟬の 71
空蟬を 42
腕の中 71
海の名の 45
占ひの 105
エレベーター 102
エンジンの 147
婉然と 28
炎天より 44
炎天を 24
遠来の 65
大きく小さく 59
大楠に 125
大独楽の 34
大波を 123
大橋を 20
大花野
—雲の標本 47

—地球自転の 61
大股に 145
奥の間に 29
落ちさうで 41
おとうとの 103
落し文 39
おとなでも 100
音もなく 87
踊子の 133
驚きて 122
朧夜の 139

か行

カーテンの 135
飼ひ犬の 94
街道に 60
貝寄風や 101
返り花 134
返り花と 62
鏡餅 127
書き出しの 77
隠れ里 123
加湿器の 31
賀状書く 98
風薫る 111
風となる 117
ガソリンの 102
形代の 142
蝌蚪の水 55
亀ときに 93
かりがねの 118
かりそめの 30
枯木山 63
枯野の犬 64
革靴の 97
考ふる 74
考への 72
寒鯛の 127
寒梅や 128
看板なき 22
寒紅を
—濃くひく我を 33
—ひく病む人に 64
寒木の 50
祇園会に 42
祇園会の 42
如月や 101
軋みつつ 38
義仲寺を 116
ぎつしりと 64
狐火や 119
衣擦れの 27
樹の色に 121
木の音の 139
紀ノ川の 115
菌汁 124
着ぶくれて 76
客の来し 43
キャンパスに 122
休日の 125
旧暦の 105
教室の 140
胸中に 48
鏡中を 47
切株に 48
切り口の 138
切札の 51
金色に 108
金魚にも 94
銀やんま 87
くひこめる 133
空中へ 106
空白の 72
草の芽や 35
ぐづぐづと 117
朽ちてゆく 39
くちばしの 30
くちびるに 74
くちびるの 107
靴跡の 129
靴音の 78
屈伸の 73
屈折し 55
靴底の 32
靴ぬいで 35
くつぬぎの 52
熊蜂の 92
蜘蛛の子の 70
水母浮く 113
クリスマスローズ 119
栗剝くや 145
グレコ描く 62

くれなゐの 50
クレパスの 34
黒セーター
—被る自分を 62
—着て考ふる 76
群青の 21
啓蟄の 101
激雷に 132
今朝秋の 45
月光に 134
剣山の 64
原色の 51
恋猫の 52
甲子園 99
工事場の 110
香水の
—ほのと異国の 25
—香の輪郭の 40
—ほのかなちから 57
香水を 57
神戸には 66
校門を 18
声すぐに 131
珈琲館に 61
小面に 128
極月の 49
こだまする 119
黒鍵に 24
子燕の
—母呼ぶ頸の 22
—いまのはあくび 38
—口を数へて 39
小鳥来て 60
小鳥来る 47
小春日の 30
小春日や 105
こぼしたる 100
木漏れ日の 55
ころころと 109

さ行

囀に 108
囀の 37
さへづりや 109
囀や
—ポットの中の 37
—静止をせむと 67
—ごろんとこれが 121
桜咲く 130
桜餅
—しづかな客の 68
—買うて力士の 92
桜湯の 102
柘榴裂け 27
笹鳴や 88
差しやすく 67
早苗饗の 123
座布団の 140
座布団を 142
皿のメロン 132
さりげなく 55
サルビアや 86
サングラス 25
残雪に 108
子規の目が 125
敷く花に 20
しぐるるや 97
四五人の 90
滴りの 69
知つてゐる 36
自転車の 103
しばらくは 130
蘂といふ 65
紙魚さへも 43
締めあげし 136
社会鍋 146
蛇皮線に 44
砂利道の 29
秋燕や 60
十月や 48
十薬の 41
受験子の 18
主婦となる 118
春光や 37
蓴菜を 132
春愁の 19
春雪や 128
少年の
—顔の近づく 109
—息のこもれる 127
職人に 53
助手席の 116

白き手の 110
新樹より 131
新築の 27
新豆腐 116
神木は 114
新涼や 104
水仙の 99
水仙や 106
水槽の
—河豚怒らせて 32
—水の断面 138
水中の 54
水筒の 44
スキーゴーグル 50
すこしづつ 114
すごろくに 126
煤けたる 78
涼しさや
—ちらと舞子の 23
—夢殿の中 56
鈴振るやうに 26
すすみゆく 71
雀化して 134
雀の子 68
酢橘籠 124
簾より 72
捨猫の 89
ストーブの 136
砂時計の 147
巣の蜘蛛の 43
巣の中の 41
菫草 121
擦り減りし 146
聖樹より 99
盛装の 41
正論に 28
石庭を 65
雪嶺へ 98
糶られゐる 73
洗顔の 110
銭湯の 67
ぜんまいの 92
造花より 49
そのもとへ 130
祖父の杖 133
空より青し 23

た行

対岸の 120
大根と 46
待春の 33
松明の 136
鯛焼の 119
太陽が 112
大輪の 95
鷹化して 139
鷹鳩と 67
滝涼し 123
たくさんの 36
太刀魚の 124
立ち直り 95
たつぷりの 113
七夕竹
—さやさやと手を 46
—虫のたまごを 115
食べ終へて 134
たまさかに 118
ためらひの 113
たはむれに 31
タンカーの 112
短日の
—マネキン倒れ 50
—オセロ一挙に 63
だんだんに 30
チェロふいに 66
チェンバロの 26
地下道の 124
地図になき 30
父の日や 70
父を子と 24
着地点 59
直線の
—ふくらんでゐる 116
—あつまりて街 129
沈黙の
—ほのぼのとあり 115
—膨らんで来し 139
通勤の
—寄り道ごころ 77
—濃き影桜 92
次の日に 18
土買ひて 25

土くれの 75
つばくらや 120
燕来る
—朱のあたらしき 91
—胸ポケットの 121
坪庭に 113
摘草に 121
梅雨空と 103
梅雨晴間 71
露むすぶ 59
テーブルの
—むかひにだれも 19
—果実の喜色 69
—二辺余りぬ 135
木偶の足 129
てのひらの 63
電車待つ 91
天井に 99
天高し 29
店頭に 90
電話の声 140
籐椅子の 93
唐辛子 60
道場は 107
踏青や 54
問ふ人に 61
尖りたる 138
ときをりの 134
どこからか 46
閉ざされて 87
登山馬 44
となりまで 103
飛ばしたる 128
飛び石の 117
飛石を 73
鳶・鴉・ 106
飛ぶ前の 87
とめどなき 115
鳥帰る
—心もとなき 53
—巷にものの 53

な行

苗札挿す 37
苗札の 20
長椅子の 143
永き日や 21
長き夜を 97
茄子の馬 95
謎多き 77
夏草の 122
夏の果 45
夏痩の 57
夏料理 132
なにごとか 21
何焚いて 77
鍋焼や 126
なめらかな 26
なんやかや 68
逃水に 69
鶏の 45
にんじんの 31
人数の 140
縫うて着て 112
脱ぐといふ 70
猫の息 51
猫の子を 21
寝ころべば 44
のし餅と 135
野良犬の 96
野分して 47
野分晴 133

は行

蠅虎 113
掃き終へて 27
掃く音の 144
白鳥の 126
バケツ一杯の 114
箱庭を 57
葉桜や 122
伐折羅大将 141
はじかれて 47
外したる 111
八月や 86
八分目 96
蜂蜜に 100
初蚊帳の 23
初鴉 127
初雁や 118
初桜 19
初雀 34

初蟬の 22
初蟬や
—森の封印 39
—木の葉いちまい 132
初糶の 18
はつはつと 49
初箒 106
初寄席に 147
花過ぎの
—手首にたまり 38
—日記一行 54
—生活たとへば 102
放たれし 86
花の雨 110
花冷の 67
花見茣蓙 54
花ミモザ 108
花嫁の 131
花よりも 146
刃の触れて 26
薔薇の家と 22
孕み鹿 101
貼りかへし 117

春風や 66
春時雨 21
春の潮 53
春の蠅 54
日当りて 94
ピアニカの 144
雛この 66
ビール飲む 111
冷え切つて 118
引き寄する 125
ひくく飛ぶ 75
火恋し 145
飛行機の 145
飛行船の 37
久女忌の 33
日ざらしの 143
筆洗に 39
ひつそり減る 109
人影を 75
一区切り 143
ひとすぢの 36
ひとり居る 38
ひとりぶん 144

雛納め 19
日向ぼこ
—大樹の影が 105
—してゐる顔と 146
雛となる 52
雲雀野や 92
向日葵の 94
向日葵へ 114
百歳の 34
病院の 98
病室へ 130
屏風絵に 35
ひらめくや 89
ビルの間の 125
拾はれず 88
火をおこす
—とき八月の 45
—一念に似て 59
風鈴や 123
風鈴を 93
深々と 127
ふくらめる 77
ぶしつけな 98

踏み入りて 28
踏み台を 133
冬うらら 135
冬雀 136
冬薔薇 49
冬波の 62
冬の虹 31
冬の蠅 146
冬日散らして 76
冬帽子 88
冬夕焼 33
冬林檎 62
ふらここ漕ぐ 91
フルコースの 105
ふるさとと 137
古巣みつけし 90
古日記 49
触れあはぬ 58
噴水の
—落ちゆく快楽 40
—秀をはづれつつ 95
ふんはりと 144
蛇の身の 40

伯林と　71
ペンダント　93
ポインセチア　76
放課後の　63
放水の　43
棒鱈に　36
忙中の　76
頬杖の　114
鉾立ての　58
星まつる　59
ボジョレヌーボー　97
骨切りの　111
海鞘食うて　43

ま行

真清水を　93
マストより　129
また釣れて　117
まなざしを　56
まなじりを　55
間引菜の　46
真闇より　41
眉唾てふ　72
まんさくや　100
万葉の　74
見えさうな　74
蜜柑もぐ　120
神籤読む　89
実柘榴の　28
身じろぎの　126
身じろぎを　138
湖は　141
水音の　107
水涸れて　32
水着きて　23
水鳥の　147
みちのくの　107
未知のこと　31
緑さす　70
峰雲へ　95
峰雲や　56
みひらきに　35
耳袋　99
実むらさき　145
向き合うて　103
向きなほる　72
無月なり　104
娘より　58
群がつて　98
めくるめく　42
芽柳の　101
芽柳や　91
茂吉の家へ　56
木犀の　75
木犀や　96
望の夜の　87
ものおとへ　131
もののものしき　29

や行

薬臭の　111
約束の　68
安らかな　119
痩馬の　138
藪つ蚊に　130
藪つ蚊の　141
山蟻に　57
山笑ふ　109
病む人の
—また起きてくる　75
—枕を正す　129
やはらかく
—はじけてふたつ　69
—蹄のひらく　147
夕立の　24
雪晴や　106
行く春の
—ひとりの卓に　102
—砂つけてゐる　140
行く春や
—海見えずして　110
—種たつぷりの　122
百合生けて　56
揺れながら　104
余韻とも　74
よくうごく　120
横むすびに　38
葭障子　141
四日はや　135
夜通しの　96
夜は明けぬ　61

ら行

ラジオより 33
律院の 24
竜天に 139
竜淵に 144
涼新た 96
両隣 88
涼風や 112
緑陰に 69
緑蔭に 142
臘日の 89
路地奥へ 23
六方を 36

わ行

綿虫や 97
藁屑の 137

● 季語別全句（五十音順） 五九九句収録 ※和＝『和音』 は＝『はじまりの樹』

あ 行

青田【あおた】（夏）
自転車の細身に過ぎぬ青田風 は 103

青蔦【あおづた】（夏）
青蔦の中のどこかに非常口 和 40

赤い羽根【あかいはね】（秋）
フルコースのフォーク・スプーン赤い羽根 は 105

秋【あき】（秋）
一片の光は人や秋の道 和 25

秋袷【あきあわせ】（秋）
秋袷ひと抱くやうに壺をだく 和 28

秋扇【あきおうぎ】（秋）
義仲寺を行つたりきたり秋扇 は 116

秋惜む【あきおしむ】（秋）
秋惜しむ書架の梯子の上にゐて 和 61
秋惜しむ双眼鏡を湖へ向け は 124
飛行機の小さき窓に秋惜しむ は 145

秋風【あきかぜ】（秋）
秋風の家にピアノの椅子残る は 143

秋草【あきくさ】（秋）
秋草に音楽祭の椅子を足す は 104
飛び石のひとつが遠し秋の草 は 117

秋曇【あきぐもり】（秋）
また釣れて釣人しづか秋曇 は 117

秋高し【あきたかし】（秋）
天高し音にはじまる陶器市 和 29

秋の声【あきのこえ】（秋）
万葉の歌碑をなぞれば秋のこゑ 和 74

秋の蝶【あきのちょう】（秋）
秋蝶のひかり離さぬ翅づかひ 和 27
ひくく飛ぶ秋蝶きつと濡れてゐる 和 75

秋の灯【あきのひ】（秋）
秋の灯を和紙につつめる喫茶室 和 29
大きく小さく看取りの影よ秋灯 和 59

秋の蛇【あきのへび】（秋）

衣擦れの遠くよりして秋の蛇　和　27
秋の水【あきのみず】（秋）
飛石を跳び鴨川は水の秋　和　73
秋彼岸【あきひがん】（秋）
風となる煙草のけむり秋彼岸　は　117
秋祭【あきまつり】（秋）
野良犬のついてくるなり在祭　は　96
浅蜊【あさり】（春）
生きてゐて水汚しゐる浅蜊かな　和　19
紫陽花【あじさい】（夏）
あぢさゐの色の豪雨となりにけり　和　70
あぢさゐの風湧く数となりにけり　は　112
蘆の花【あしのはな】（秋）
蘆原にさし来る水のふくらめる　は　143
汗【あせ】（夏）
汗の顔仮面剝ぐかに拭ひけり　和　73
ペンダントぴたりと汗の身の真中　は　93
暖か【あたたか】（春）
あたたかや造花の瓶に水すこし　は　137
暑き日【あつきひ】（夏）
暑き日や皿にわづかの神馬の餌　は　142
綾取【あやとり】（冬）
たはむれに糸を結べば綾取す　和　31
綾取や十指の記憶きらめける　は　88
霰【あられ】（冬）
印象派展霰の音につつまれし　和　63
蟻【あり】（夏）
蟻の道追ふ眼だんだん暗くなる　和　42
箱庭を野良犬ほどの蟻通る　和　57
山蟻に雫のやうな眼のありき　和　57
眉唾てふ仕草を蟻もしてをりぬ　和　72
蟻穴を出づ【ありあなをいづ】（春）
蟻穴を出づひとつぶの影を得て　和　52
泡立草【あわだちそう】（秋）
いつせいに泡立草の天下かな　和　46
鮟鱇鍋【あんこうなべ】（冬）
引き寄する椅子の重たき鮟鱇鍋　は　125
飯蛸【いいだこ】（春）
飯蛸の炊かれて頭たちあがる　は　108
鮊子【いかなご】（春）
鮊子を泥のごとくに量りをり　和　22
息白し【いきしろし】（冬）

はつはつと白息をもて諭さるる　和 49

生御魂【いきみたま】（秋）
生御魂目配せのみに人使ふ　和 58
沈黙のほのぼのとあり生御魂　は 115

無花果【いちじく】（秋）
無花果をなまあたたかく食べにけり　和 48

稲妻【いなずま】（秋）
稲妻やふたりの距離の縮まらぬ　和 25
鏡中を真顔ののぞく稲光　和 47

犬ふぐり【いぬふぐり】（春）
みひらきに心平の詩や犬ふぐり　和 35
こぼしたる水のごとくに犬ふぐり　は 100

鰯雲【いわしぐも】（秋）
余韻とも旅疲れとも鰯雲　和 74

鶯【うぐいす】（春）
店頭にうぐひす餅が初音ほど　は 90

鶯笛【うぐいすぶえ】（春）
鶯笛まづ頓狂のこゑを出す　は 137

雨水【うすい】（春）
金色に竹の枯れたる雨水かな　は 108

薄氷【うすらい】（春）
薄氷に見ゆひとはけの風の色　和 65

打水【うちみず】（夏）
打水に誘はれて入る珈琲館　和 58
打ち水の乾き初めたるころに客　は 86

卯月【うづき】（夏）
朽ちてゆく木の香の甘き卯月かな　和 39

空蟬【うつせみ】（夏）
空蟬をたくさんつけてしづかな木　和 42
空蟬の押しあひしまま刻とまる　和 71

梅【うめ】（春）
猫の息手にあたたかし梅の寺　和 51
薬といふ字のみつしりと梅の花　和 65
道場は校舎に離れ梅白し　は 107

エリカ【えりか】（春）
さりげなく吾が名の入りしエリカ咲く　和 55

炎天【えんてん】（夏）
炎天を仰げば髪の重さかな　和 24
炎天より降りて雀にもどりけり　和 44

鷗外忌【おうがいき】（夏）
伯林と書けば遠しや鷗外忌　和 71

桜桃の実【おうとうのみ】（夏）

落ちさうで落ちぬ水滴さくらんぼ 和 41
めくるめく最上川の風のさくらんぼ 和 42

お玉杓子【おたまじゃくし】（春）
蝌蚪の水大聖堂をうつしけり 和 55
沈黙の膨らんで来し蝌蚪の紐 は 139

落葉【おちば】（冬）
安らかな落葉の嵩となりにけり は 119

落し文【おとしぶみ】（夏）
落し文一語つつむに良かりける 和 39

踊【おどり】（秋）
激雷に幕があがりぬ阿波踊 は 132
くひこめる鼻緒の女をどりかな は 133
踊子のすつくと立ちし出番かな は 133

朧【おぼろ】（春）
屛風絵につづくこの世の朧かな 和 35
チェロふいに男の声を出す朧 和 66
約束の時間が過ぎてゆく朧 和 68
木偶の足朧を踏んであらはるる は 129
朧夜の「父」と着信ありにけり は 139

万年青の実【おもとのみ】（秋）
音もなく窓濡れてゆく万年青の実 は 87

泳ぎ【およぎ】（夏）
大波をかぶる下から泳ぎだす は 123

か行

蚊【か】（夏）
藪つ蚊に開かれてゐる伽藍かな は 130
藪つ蚊の身を絞りたる構へかな は 141

海水着【かいすいぎ】（夏）
水着きてをんな胸よりたちあがる 和 23

貝寄風【かいよせ】（春）
貝寄風や柱まぶしく家の建つ は 101

帰り花【かえりばな】（冬）
返り花とまぶしきものを指しにけり 和 62
旧暦の小さく書かれ返り花 は 105
返り花守り袋のふつくりと は 134

鏡餅【かがみもち】（新年）
鏡餅わが家の臍といふところ は 127

ががんぼ【ががんぼ】（夏）
屈伸のががんぼ笑つてはをれぬ 和 73

火事【かじ】（冬）
くちびるのざらりと遠き火事のあり は 107

暁の火事見て試験一日目　は　136

賀状書く【がじょうかく】（冬）

賀状書くひとつ机に起きなほり　は　98

霞【かすみ】（春）

大橋を霞の国へ渡しけり　和　20

風邪【かぜ】（冬）

書き出しの逡巡つひに風邪ごこち　和　77

風光る【かぜひかる】（春）

神戸には山手海の手風光る　和　66

紙衣【かみこ】（冬）

身じろぎのみな音となる紙子かな　は　126

雷【かみなり】（夏）

頬杖の肘に遠雷ひびきくる　は　114

亀鳴く【かめなく】（春）

差しやすく抜けぬ指輪よ亀の鳴く　和　67

蚊帳【かや】（夏）

初蚊帳のすこしすつぱき香に寝たり　和　23

雁【かり】（秋）

初雁や舌でこはせる砂糖菓子　は　118

かりがねの棹とも言へずつながれる　は　118

狩【かり】（冬）

深々と伏し猟犬となりにけり　は　127

枯草【かれくさ】（冬）

子規の目がありぬ枯草枯葎　は　125

枯野【かれの】（冬）

枯野の犬不信の貌をして過ぎぬ　和　64

病院の近づいてくる枯野かな　は　98

エンジンの冷めてゆく音枯野原　は　147

枯葎【かれむぐら】（冬）

放課後のにほひと思ふ枯葎　和　63

川床【かわゆか】（夏）

声すぐに水にさらはれ川床料理　は　131

寒雀【かんすずめ】（冬）

ふくらめる胸の粗さよ寒雀　和　77

飛ばしたる土みづみづし寒雀　は　128

冬雀檻の獣のしづかなる　は　136

寒鯛【かんだい】（冬）

寒鯛の頬ゆたかなるあら煮かな　は　127

寒の水【かんのみず】（冬）

剣山のいくつかひそむ寒の水　和　64

寒梅【かんばい】（冬）

寒梅や駿馬の艶の馬頭琴　は　128

寒紅【かんべに】(冬)
寒紅を濃くひく我をおそれけり　和　33
寒紅をひく病む人に背を向けて　和　64
謎多き人の寒紅濃かりけり　和　77
祇園会【ぎおんえ】(夏)
祇園会の屛風の裏を見て棲める　和　42
祇園会に羽化する少女まぎれゆく　和　42
鉾立てのしづかに楔打ちはじむ　和　58
菊【きく】(秋)
ものものしき名の百菊のしづかなる　和　29
問ふ人に耳を向けたる菊作り　和　61
如月【きさらぎ】(春)
如月ややがて落ちくる紙吹雪　は　101
狐火【きつねび】(冬)
狐火や口中の飴細りつつ　は　119
衣被【きぬかつぎ】(秋)
食べ終へて大きな鉢や衣被　は　134
砧【きぬた】(秋)
月光にまだ熱からん藁砧　は　134
茸【きのこ】(秋)
かりそめの日のさしてゐる茸かな　和　30
菌汁夜の近づくにほひなる　は　124
茸狩【きのこがり】(秋)
土くれの粒だつ山の茸狩　和　75
木の実【きのみ】(秋)
たまさかに澄むといふこと木の実独楽　は　118
着ぶくれ【きぶくれ】(冬)
着ぶくれて街中なんと鏡多し　和　76
金魚【きんぎょ】(夏)
金魚にも遊びごころや流れゆく　は　94
九月【くがつ】(秋)
チェンバロの金色の音の九月かな　和　26
地下道のこんなところへ出て九月　は　124
草の花【くさのはな】(秋)
祖父の杖いま父の杖草の花　は　133
一区切り自分でつけぬ草の花　は　143
草の穂【くさのほ】(秋)
ひとりぶん離れて座る草の絮　は　144
草の芽【くさのめ】(春)
草の芽や忘れたところに来る返事　和　35
草雲雀【くさひばり】(秋)
おとうとのやうな夫居る草雲雀　は　103

葛の花【くずのはな】（秋）
助手席の吾には見えて葛の花　は　116
蜘蛛【くも】（夏）
巣の蜘蛛の正位置にある朝日かな　和　43
蜘蛛の子の風に乗らむと揺れはじむ　和　70
向きなほる蠅虎のこの勝気　和　72
蠅虎風向きふいに変はりたる　は　113
驚きて怒りて蜘蛛の揺れやまず　は　122
雲の峰【くものみね】（夏）
峰雲や微熱のこもる眉がしら　和　56
峰雲へつめたき脚を組みにけり　は　95
水母【くらげ】（夏）
考へのかたまつて浮く海月かな　和　72
水母浮くつめたき潮に触れにけり　は　113
栗【くり】（秋）
栗剝くや夜間飛行の読書灯　は　145
クリスマス【くりすます】（冬）
聖樹より森はじまつてゐるらしき　は　99
クリスマスローズ【くりすますろーず】（冬）
クリスマスローズ低きに陽をあつめ　は　119
薫風【くんぷう】（夏）
風薫る俎皿の置きどころ　は　111
啓蟄【けいちつ】（春）
啓蟄の地面見てゐる独り言　は　101
鶏頭【けいとう】（秋）
ぐづぐづと鶏頭らしくなつて来し　は　117
夏至【げし】（夏）
屈折し反射し夏至の日のとどく　和　55
香水【こうすい】（夏）
香水のほのと異国の大男　和　25
香水の香の輪郭の来て座る　和　40
香水のほのかなちから借りにけり　和　57
香水をかぐ一点をみつめつつ　和　57
氷水【こおりみず】（夏）
向き合うてふつと他人やかき氷　は　103
五月【ごがつ】（夏）
テーブルの果実の喜色聖五月　和　69
炬燵【こたつ】（冬）
切札のひらりと出たる炬燵かな　和　51
小鳥【ことり】（秋）
なめらかな枝のばす樹に小鳥くる　和　26
小鳥来る読み返しつつ書く手紙　和　47

小鳥来て声につながる山と山　和　60
考ふる時間こまぎれ小鳥来る　和　74

小春【こはる】（冬）
小春日のペンキが流れつつ乾く　和　30
切株に樹液玉なす小春かな　和　48
小春日やときどき歩く立ち話　は　105

独楽【こま】（新年）
大独楽の酩酊といふ崩れやう　和　34

さ　行

冴返る【さえかえる】（春）
小面にをとこの顎冴え返る　は　128

囀【さえずり】（春）
囀の森に奥行うまれけり　和　37
囀やポットの中の茶葉ひらく　和　37
囀や静止をせむと水鏡　和　67
囀に干すくつしたの指五本　は　108
さへづりや枝に吹かるる糸電話　は　109
囀やごろんとこれが神の石　は　121

桜【さくら】（春）
あたらしき名刺百枚朝桜　和　20
白き手の津軽三味線さくらの夜　は　110
桜咲くこの世に繋ぎとめられず　は　130
座布団のすべりの良さよ桜咲く　は　140

桜蘂降る【さくらしべふる】（春）
通勤の濃き影桜蕊降れり　は　92

桜鯛【さくらだい】（春）
群青の一鱗持てり桜鯛　和　21

桜漬【さくらづけ】（春）
桜湯のなかも真白き曇り空　は　102

桜餅【さくらもち】（春）
桜餅しづかな客の来てゐたり　和　68
桜餅買うて力士の遊山かな　は　92

桜紅葉【さくらもみじ】（秋）
掃く音のみじかきさくらもみぢかな　は　144

石榴【ざくろ】（秋）
柘榴裂け幾百粒が我に向く　和　27
実柘榴の耳まで裂けてゐたるかな　和　28

笹鳴【ささなき】（冬）
笹鳴や亡き人に来る誕生日　は　88

早苗饗【さなぶり】（夏）
早苗饗の太きうどんを啜りけり　は　123

寒し【さむし】（冬）
鳶・鴉・鷗を放つ寒さかな　は　106

沙羅の花【さらのはな】（夏）
まなざしをひとつひとつに沙羅の花　和　56

サルビア【さるびあ】（夏）
サルビアや砂にしたたる午後の影　は　86

三寒四温【さんかんしおん】（冬）
煤けたる雀の顔よ四温光　和　78

残菊【ざんぎく】（秋）
砂利道の雨を吸ふ音残る菊　和　29

サングラス【さんぐらす】（夏）
サングラスかけて視線をはづしけり　和　25

残暑【ざんしょ】（秋）
洗ひても生臭き皿秋暑し　和　26
大輪の薔薇に香のなき秋暑かな　は　95

残雪【ざんせつ】（春）
残雪に当ててトラック止まりけり　は　108

秋刀魚【さんま】（秋）
あをあをと氷あふれて秋刀魚の荷　和　73

四月馬鹿【しがつばか】（春）
なんやかや粗品付けられ万愚節　和　68

鹿の子【しかのこ】（夏）
木漏れ日のあつまるごとき子鹿かな　和　55

子規忌【しきき】（秋）
夜通しの嵐のあとの子規忌かな　は　96

時雨【しぐれ】（冬）
しぐるるや思はぬ色に草木染　は　97

茂【しげり】（夏）
ガソリンの一滴にほふ茂かな　は　102

獅子舞【ししまい】（新年）
少年の息のこもれる獅子頭　は　127

地蔵盆【じぞうぼん】（秋）
日ざらしの供華あざやかや地蔵盆　は　143

滴り【したたり】（夏）
滴りの音まつすぐに胸へ落つ　和　69

紙魚【しみ】（夏）
紙魚さへも見捨てし本のうづたかく　和　43
空白の時代が父に紙魚走る　和　72

清水【しみず】（夏）
真清水を飲むやゆつくり言葉になる　は　93

社会鍋【しゃかいなべ】（冬）
社会鍋確たる音をたてにけり　は　146

石鹼玉【しゃぼんだま】（春）
たくさんの吾が生まるるしやぼん玉　和　36
十月【じゅうがつ】（秋）
十月や河遡る海のいろ　和　48
十二月【じゅうにがつ】（冬）
胸中にラベルのボレロ十二月　和　48
てのひらの小銭のにほひ十二月　和　63
何焚いてこの濃き煙十二月　和　77
擦り減りし駅の階段十二月　は　146
十薬【じゅうやく】（夏）
十薬のたちあがり咲く茂吉の家　和　41
熟柿【じゅくし】（秋）
くちばしの一撃ふかき熟柿かな　和　30
棕櫚の花【しゅろのはな】（夏）
外したる指輪の重し棕櫚の花　は　111
春光【しゅんこう】（春）
春光や高跳びの背のおちてくる　和　37
蓴菜【じゅんさい】（夏）
蓴菜を飲み干す眼泳ぎけり　は　132
春愁【しゅんしゅう】（春）
春愁の帽子愛しと言はれけり　和　19
春昼【しゅんちゅう】（春）
靴ぬいで拇指あそばす春の昼　和　35
春潮【しゅんちょう】（春）
春の潮すれすれに島灯るなり　和　53
春雷【しゅんらい】（春）
水槽の水の断面春の雷　は　138
障子【しょうじ】（冬）
貼りかへし障子の白さ何度も見る　は　117
師走【しわす】（冬）
極月のたてよこに掃く石畳　和　49
新酒【しんしゅ】（秋）
ボジョレヌーボー火点すやうに注がれけり　は　97
新樹【しんじゅ】（夏）
新樹よりのぼるガラスのエレベーター　は　131
電話の声近し新樹に囲まれて　は　140
新豆腐【しんどうふ】（秋）
直線のふくらんでゐる新豆腐　は　116
新豆腐のせててのひらおろおろす　は　116
新涼【しんりょう】（秋）
涼新た昨日の傘を返しにゆく　は　96
新涼や竹林の風空より来　は　104

秋涼し身長のまた伸びたるか　は　116
踏み台を椅子に机に涼新た　は　133

新緑【しんりょく】（夏）
緑さす等身大の自画像に　和　70

西瓜【すいか】（秋）
刃の触れてはじけ飛ぶ縄西瓜の荷　和　26

水仙【すいせん】（冬）
水仙のしんと初心の香をひらく　は　99
水仙や折り目をかたく手紙来る　は　106

スキー【すきー】（冬）
スキーゴーグル青き太陽とらへけり　和　50

双六【すごろく】（新年）
すごろくに宝島あり休みけり　は　126

涼し【すずし】（夏）
涼しさやちらと舞子のつねのかほ　和　23
茂吉の家へ庭より入る涼しさよ　和　56
涼しさや夢殿の中からも風　和　56
坪庭に坪のあをぞらあり涼し　は　113

煤払【すすはらい】（冬）
両隣しんとしてをり煤払　は　88

雀の子【すずめのこ】（春）
雀の子餌を逃さじと口結ぶ　和　68

雀蛤となる【すずめはまぐりとなる】（秋）
雀化して蛤となる泥けむり　は　134

酸橘【すだち】（秋）
酢橘籠ひとつこぼれてとめどなく　は　124

簾【すだれ】（夏）
簾より聞き捨てならぬ独り言　和　72

ストーブ【すとーぶ】（冬）
ストーブの遠く法要すすみけり　は　136

巣箱【すばこ】（春）
樹の色になじんできたる巣箱かな　は　121

菫【すみれ】（春）
菫草たばこの灰のかかりたる　は　121
しばらくは拳に活けて菫草　は　130

成人の日【せいじんのひ】（新年）
ようごく成人の日の喉仏　は　120

セーター【せーたー】（冬）
黒セーター被る自分を消すやうに　和　62
黒セーター着て考ふる葦となる　和　76
主婦となるセーターの腕ながながと　は　118

蟬【せみ】（夏）

初蟬のながき調律はじまりぬ　和　22
初蟬や森の封印解かれたる　和　39
初蟬や木の葉いちまいづつ見えて　は　132

薇【ぜんまい】（春）
ぜんまいの眠れるままを採つて来し　は　92

卒業【そつぎょう】（春）
校門を出てくちぶえの卒業歌　和　18
いななきを遠くに聞いて卒業す　は　91

た　行

大暑【たいしょ】（夏）
放水の屋根越えて来る大暑かな　和　43

鯛焼【たいやき】（冬）
鯛焼のやきたてといふ面がまへ　は　119

鷹化して鳩と為る【たかかしてはととなる】（春）
鷹鳩と化しうしろ手に歩みだす　和　67
鷹化して鳩となりけり祖母にひげ　は　139

滝【たき】（夏）
滝涼しともに眼鏡を濡らしゐて　は　123

章魚【たこ】（夏）
糶られゐる間も章魚の眼の油断なし　和　73

太刀魚【たちうお】（秋）
太刀魚の傷つきやすき光かな　は　124

七夕【たなばた】（秋）
七夕竹さやさやと手を傷つけし　和　46
星まつる船たかだかと陸にあり　和　59
七夕竹虫のたまごを付けて来し　は　115

種茄子【たねなす】（秋）
占ひのひとつは当り種茄子　は　105

種物【たねもの】（春）
うつすらと空気をふくみ種袋　和　35

短日【たんじつ】（冬）
短日のマネキン倒れゐて笑ふ　和　50
短日のオセロ一挙に裏がへる　和　63
こだまする館内放送日短か　は　119

暖炉【だんろ】（冬）
あひづちを打たざる無言暖炉燃ゆ　和　32

遅日【ちじつ】（春）
銭湯の一番客となる遅日　和　67
病む人の枕を正す遅日かな　は　129

父の日【ちちのひ】（夏）
父の日や屑籠に反故犇めきて　和　70

チューリップ【ちゅーりっぷ】（春）
軋みつつ花束となるチューリップ　和　38
蝶【ちょう】（春）
やはらかくはじけてふたつ黒揚羽　和　69
靴跡の幾何学模様蝶生る　は　129
揚羽蝶森の空気のひとかたまり　は　131
追儺【ついな】（冬）
締めあげし縄の褌や鬼やらひ　は　136
松明の息ふきかへす追儺かな　は　136
月【つき】（秋）
掃き終へて庭に月光むかへけり　和　27
閉ざされて月の扉となりにけり　は　87
長椅子のところどころに月の客　は　143
霾【つちふる】（春）
電車待つ横顔ばかり黄沙降る　は　91
椿【つばき】（春）
ひとり居るときの腕組み落椿　和　38
燕【つばめ】（春）
横むすびに流すスカーフ初燕　和　38
燕来る朱のあたらしき中華街　は　91
つばくらや小さき髷の力士たち　は　120
燕来る胸ポケットの高き位置　は　121
直線のあつまりて街燕来る　は　129
燕帰る【つばめかえる】（秋）
秋燕や岩に生まるる川の音　和　60
燕の子【つばめのこ】（夏）
子燕の母呼ぶ頸の抜けさうな　和　22
子燕のいまのはあくびかと思ふ　和　39
子燕の口を数へて朝はじまる　和　39
摘草【つみくさ】（春）
摘草に永き踏切ありにけり　は　121
梅雨【つゆ】（夏）
巣の中のかへらぬたまご梅雨深し　和　41
露【つゆ】（秋）
どこからか猫帰り来し露の宿　和　46
露むすぶ声かグノーのアヴェ・マリア　和　59
街道に佇ち露けさの西ひがし　和　60
梅雨空【つゆぞら】（夏）
梅雨空といふ縦長の景色かな　は　103
梅雨晴【つゆばれ】（夏）
空より青し梅雨晴の水たまり　和　23
梅雨晴間鴉も話すこと多し　和　71

釣忍【つりしのぶ】(夏)
たつぷりの水の重さの吊忍　は　113
手袋【てぶくろ】(冬)
拾はれず踏まれず黒き皮手套　は　88
籐椅子【とういす】(夏)
籐椅子の腕は水に浮くごとし　は　93
唐辛子【とうがらし】(秋)
だんだんに容赦なき色唐辛子　和　30
唐辛子今日より色の暗転す　和　60
踏青【とうせい】(春)
踏青や小石に弾む車椅子　和　54
常磐木落葉【ときわぎおちば】(夏)
亀ときに夏の落葉の音を曳き　は　93
尼寺の閉門はやし夏落葉　は　142
毒茸【どくきのこ】(秋)
婉然と煙放てる毒きのこ　和　28
登山【とざん】(夏)
水筒の水大揺れに初登山　和　44
登山馬息もろともに声を吐く　和　44
年の餅【としのもち】(新年)
のし餅と畳つづきにねむりけり　は　135
年用意【としようい】(冬)
あるだけの大漁旗干し年用意　和　50
土用【どよう】(夏)
寝ころべば風と出会へる土用かな　和　44
鳥帰る【とりかえる】(春)
鳥帰る心もとなき数をもて　和　53
鳥帰る巷にものの煮詰まる香　和　53
鳥雲に入る【とりくもにいる】(春)
ひつそり減るタイヤの空気鳥雲に　は　109
鳥曇【とりぐもり】(春)
工事場のみじかき谺鳥曇　は　110
鳥交る【とりさかる】(春)
あるときはたたかふごとし恋雀　和　53
ころころとよく汚れたり恋雀　は　109
蜻蛉【とんぼ】(秋)
はじかれてはじかれて蜻蛉つるみけり　和　47
銀やんまちかぢかと見て隙のなき　は　87

な行

苗木市【なえぎいち】(春)
一握の土のつめたき苗を買ふ　和　20

苗札【なえふだ】（春）
苗札の大きなかほをしてゐたる　和　20
苗札挿すわづかに天へ傾けて　和　37
夏越【なごし】（夏）
足音の絶えざる茅の輪くぐりけり　は　141
形代のわが名をのせてすこし反る　は　142
茄子の馬【なすのうま】（秋）
茄子の馬もの問ひたげなかたちなる　は　95
夏【なつ】（夏）
神木は樹齢千年千の夏　は　114
夏草【なつくさ】（夏）
夏草のにほひの過る指相撲　は　122
夏座敷【なつざしき】（夏）
筆洗に水満たしある夏座敷　和　39
湖は雨に消えたる夏座敷　は　141
夏灯【なつともし】（夏）
路地奥へ客となりゆく夏灯　和　23
夏の蝶【なつのちょう】（夏）
放たれし夏蝶とその残像と　は　86
夏の庭【なつのにわ】（夏）
花嫁の靴ちらちらと夏の庭　は　131
夏の果【なつのはて】（夏）
夏の果渚に犬の鎖解く　和　45
夏の星【なつのほし】（夏）
となりまで五十光年星涼し　は　103
夏服【なつふく】（夏）
縫うて着て簡単服の昼長し　は　112
夏館【なつやかた】（夏）
黒鍵に樹々の映れる夏館　和　24
誘ひの片門ひらき夏館　和　40
夏休【なつやすみ】（夏）
父を子と呼ぶひとのゐて夏休　和　24
夏痩【なつやせ】（夏）
夏痩の大きな顔でありにけり　和　57
夏料理【なつりょうり】（夏）
夏料理舌にすひつくものを嚙み　は　132
鍋焼【なべやき】（冬）
鍋焼や女の太き笑ひ声　は　126
縄飛【なわとび】（冬）
空中へ大縄跳の子ら揃ふ　は　106
南天の実【なんてんのみ】（冬）
神籤読むひとりの日向実南天　は　89

二月【にがつ】（春）
水音のうへの二月の橋渡る　は　107
逃水【にげみず】（春）
逃水に体内の水呼ばれをり　和　69
日記買う【にっきかう】（冬）
未知のこと多く大判日記買ふ　和　31
群がつてひとりひとりや日記買ふ　は　98
入学試験【にゅうがくしけん】（春）
受験子の寄れば鋼のにほひせり　和　18
入梅【にゅうばい】（夏）
伐折羅大将怒髪の白く梅雨に入る　は　141
韮【にら】（春）
切り口のざくざく増えて韮にほふ　は　138
猫の子【ねこのこ】（春）
猫の子を上に下にと愛でゐたり　和　21
猫の恋【ねこのこい】（春）
恋猫のためし鳴きして出てゆけり　和　52
おとなでもこどもでもなく春の猫　は　100
年末賞与【ねんまつしょうよ】（冬）
靴底のななめに減りぬ賞与月　和　32
後の月【のちのつき】（秋）
奥の間に魔鏡あるべし十三夜　和　29
野分【のわき】（秋）
野分して羽毛の中の鳥の貌　和　47
野分晴雀のかほの斑のつよく　は　133
ピアニカの鍵すぐに尽く野分晴　は　144

は行

羽蟻【はあり】（夏）
盛装の翅得て羽蟻飛びたてり　和　41
掃初【はきぞめ】（新年）
初箒まだ日当らぬところより　は　106
薄暑【はくしょ】（夏）
薬臭のふつと廓の夕薄暑　は　111
白鳥【はくちょう】（冬）
白鳥の怒れる腋を見せにけり　は　126
白露【はくろ】（秋）
揺れながら魚の泳ぐ白露かな　は　104
箱庭【はこにわ】（夏）
日当りて箱庭の土あらあらし　は　94
葉桜【はざくら】（夏）
葉桜や黒板を打つチョークの音　は　122

走り梅雨【はしりづゆ】（夏）
看板なき職人の家走り梅雨　和　22
蓮【はす】（夏）
池の水しづかにあふれ蓮の花　は　115
跣足【はだし】（夏）
蛇皮線に跣足の十趾をどりだす　和　44
蜂【はち】（春）
熊蜂の一点に景集中す　は　92
八月【はちがつ】（秋）
火をおこすとき八月の石にほふ　和　45
八月や湧水は面をやぶりゐる　は　86
初明り【はつあかり】（新年）
遠来の波足もとに初明り　和　65
初嵐【はつあらし】（秋）
土買ひて両手ふさがる初嵐　和　25
初市【はついち】（新年）
初糴の輪のじりじりと狭まり来　和　18
初鴉【はつがらす】（新年）
初鴉飛ぶどこまでも松林　は　127
初氷【はつごおり】（冬）
にんじんの葉のさりさりと初氷　和　31

初座敷【はつざしき】（新年）
百歳の声を待ちゐる初座敷　和　34
初雀【はつすずめ】（新年）
初雀弾みて土のすこし飛ぶ　和　34
初席【はつせき】（新年）
初寄席に肩触れ合うて笑ふなり　は　147
螇蚸【ばった】（秋）
踏み入りて草のしぶきの螇蚸飛ぶ　和　28
着地点まちがへまちがへ螇蚸跳ぶ　和　59
飛ぶ前の貌かたくして螇蚸ゐる　は　87
初蝶【はつちょう】（春）
六方を踏んで初蝶来りけり　和　36
初電話【はつでんわ】（新年）
甲子園春風町へ初電話　は　99
初花【はつはな】（春）
初桜髪そろへたる眉の上　和　19
洗顔のてのひらぬくし初桜　は　110
初湯【はつゆ】（新年）
天井に声のあつまる初湯かな　は　99
花【はな】（春）
敷く花に朝一番の轍かな　和　20

花時【はなどき】（春）
花過ぎの手首にたまりゆく輪ゴム　和　38
花過ぎの日記一行にて足らふ　和　54
足弱の祖母に靴買ふさくらどき　和　68
花過ぎの生活たとへば点描画　は　102
花野【はなの】（秋）
大花野雲の標本ひろげあり　和　47
大花野地球自転の風たちぬ　和　61
花の雨【はなのあめ】（春）
花の雨電車の扉ひらくたび　は　110
花冷【はなびえ】（春）
花冷の壁やローランサンを掛く　和　67
花見【はなみ】（春）
花見茣蓙てふ日だまりのひとりかな　和　54
鱧【はも】（夏）
石段に雨脚の立つ祭鱧　は　94
骨切りの鱧を畳んで持たさるる　は　111
薔薇【ばら】（夏）
薔薇の家と人に教へしわが家かな　和　22
孕み鹿【はらみじか】（春）
孕み鹿つめたき鼻を浮かべたる　は　101
春一番【はるいちばん】（春）
次の日に春一番と思ひけり　和　18
職人にペンキの飛沫春一番　和　53
春落葉【はるおちば】（春）
キャンパスに誰も来ぬ場所春落葉　は　122
春風【はるかぜ】（春）
春風や亀に逃足らしきもの　和　66
春寒【はるさむ】（春）
マストより綱八方へ春寒し　は　129
春時雨【はるしぐれ】（春）
春時雨鷗の群をひとつほどく　和　21
春田【はるた】（春）
飛行船の影わたりゆく春田かな　和　37
春近し【はるちかし】（冬）
通勤の寄り道ごころ春隣　和　77
春の蚊【はるのか】（春）
病室へ耳をすませば春蚊くる　は　130
春の川【はるのかわ】（春）
少年の顔の近づく春の川　は　109
春の草【はるのくさ】（春）
人数の揃はぬ試合春の草　は　140

春の野【はるのの】（春）
知つてゐる花より見えて春野かな　和 36
春の蝿【はるのはえ】（春）
春の蝿己が大きな眼をぬぐふ　和 54
春の闇【はるのやみ】（春）
尖りたる鉛筆の立つ春の闇　は 138
春の雪【はるのゆき】（春）
青信号つけば楽鳴る春の雪　和 52
春雪や吹きガラスまだ蜜のごと　は 128
春火鉢【はるひばち】（春）
四五人の雨を見てゐる春火桶　は 90
春待つ【はるまつ】（冬）
待春の階段一段とばしして　和 33
クレパスの七十二色春を待つ　和 34
砂時計の砂のももいろ春を待つ　は 147
春祭【はるまつり】（春）
藁屑のこぼるる草履春祭　は 137
晩夏【ばんか】（夏）
バケツ一杯の白球晩夏光　は 114
日脚伸ぶ【ひあしのぶ】（冬）
靴音の海岸通り日脚伸ぶ　和 78
蜂蜜にすこし森の香日脚伸ぶ　は 100
ビール【びーる】（夏）
ビール飲む奥の座敷に詰め込まれ　は 111
日傘【ひがさ】（夏）
立ち直りはやし絵日傘ぱつと差す　は 95
太陽がすぐそばにある日傘かな　は 112
蟇【ひきがえる】（夏）
真闇より否とこたへて蟇　和 41
火恋し【ひこいし】（秋）
火恋し谺返さぬ夜の山　は 145
久女忌【ひさじょき】（冬）
久女忌の氷の色のリボン結ふ　和 33
干鱈【ひだら】（春）
棒鱈に流木の相ありにけり　和 36
雛納め【ひなおさめ】（春）
雛納め雛よりしらぬ闇のあり　和 19
日永【ひなが】（春）
テーブルのむかひにだれもゐぬ日永　和 19
永き日やあるじ出てこぬ骨董屋　和 21
エレベーターどこかに止まる音日永　は 102
日向ぼこ【ひなたぼこ】（冬）

日向ぼこ大樹の影が触れてくる　は　105
日向ぼこしてゐる顔となつて来し　は　146
雛祭【ひなまつり】（春）
ひとすぢの折り目に立つや紙雛　和　36
雛となるまで一枚の紙を折る　和　52
くつぬぎの石の大きな雛の家　和　52
雛このさらはれさうな軽さかな　和　66
うすうすと山重なりぬ雛の日　は　90
身じろぎをせぬ雛と居る昼餉かな　は　138
雲雀【ひばり】（春）
雲雀野や並んでくすぐつたき距離に　は　92
向日葵【ひまわり】（夏）
向日葵のその正面に誰も居ず　は　94
向日葵へホースの水をするどくす　は　114
ヒヤシンス【ひやしんす】（春）
教室の入口ふたつヒヤシンス　は　140
冷やか【ひややか】（秋）
冷え切つてくちなは坂の今も在り　は　118
風船葛【ふうせんかずら】（秋）
八分目満ちて風船葛かな　は　96
風鈴【ふうりん】（夏）
風鈴を鳴らさずに降る山の雨　は　93
風鈴やかならず晴れて誕生日　は　123
蕗の薹【ふきのとう】（春）
みちのくの土の弾力ふきのたう　は　107
河豚【ふぐ】（冬）
水槽の河豚怒らせてみて買へり　和　32
福寿草【ふくじゅそう】（新年）
テーブルの二辺余りぬ福寿草　は　135
袋角【ふくろづの】（夏）
ものおとへいつせいに向く袋角　は　131
二日【ふつか】（新年）
石庭を立ち見坐り見して二日　和　65
冬暖か【ふゆあたたか】（冬）
ときをりの舞妓のゑくぼ冬ぬくし　は　134
冬木【ふゆき】（冬）
寒木の互ひに影を落しあふ　和　50
冬草【ふゆくさ】（冬）
やはらかく蹄のひらく冬の草　は　147
冬菫【ふゆすみれ】（冬）
ふるさとと呼ぶには近し冬菫　は　137
冬隣【ふゆどなり】（秋）

珈琲館に吾が席できぬ冬隣　和　61

冬の波【ふゆのなみ】（冬）
冬波の底見ゆるまでゐぐれけり　和　62

冬の虹【ふゆのにじ】（冬）
冬の虹友と呼ぶには遠き人　和　31

冬の蠅【ふゆのはえ】（冬）
冬の蠅生まれ変はりのやうに居る　は　146

冬の日【ふゆのひ】（冬）
冬日散らしてヘルメットの傷無数　和　76
ビルの間の適塾といふ冬日向　は　125
大楠に臍あり乳あり冬日燦　は　125

冬の星【ふゆのほし】（冬）
ぎつしりと闇の密度の冬星座　和　64

冬の山【ふゆのやま】（冬）
枯木山人声が径ひらきけり　和　63
雪嶺へ銀紙きらとチョコレート　は　98

冬薔薇【ふゆばら】（冬）
加湿器の音かすかなり冬薔薇　和　31
冬薔薇鏡の中の見慣れぬ部屋　和　49
グレコ描く風雲の天冬薔薇　和　62
花よりも棘明るくて冬の薔薇　は　146

冬晴【ふゆばれ】（冬）
犬の尾のたれかれに揺れ冬うらら　和　48
カーテンの襞から子ども冬日和　は　135
冬うらら鶏のまなぶたくしやと閉ぢ　は　135

冬帽子【ふゆぼうし】（冬）
冬帽子遅まきながら家を出て　は　88

冬館【ふゆやかた】（冬）
造花よりほこりのたちぬ冬館　和　49

冬夕焼【ふゆゆうやけ】（冬）
冬夕焼ちりちり煙草短くなる　和　33

冬林檎【ふゆりんご】（冬）
冬林檎かじり未完の設計図　和　62
ひらめくや冬の林檎を割るごとく　は　89

ぶらんこ【ぶらんこ】（春）
ふらここ漕ぐ空より眼はなさずに　は　91

古巣【ふるす】（春）
古巣みつけし休日の歩幅かな　は　90

古日記【ふるにっき】（冬）
古日記かの日の頁開きやすし　和　49

噴水【ふんすい】（夏）
噴水の落ちゆく快楽ありにけり　和　40

噴水の秀をはづれつつ昼の月　は 95
蛇【へび】（夏）
蛇の身の波うつてゐるひとところ　和 40
まなじりを蛇の殺気の流れけり　和 55
すすみゆく蛇の直線やはらかし　和 71
すこしづつ皮余らせて大蛇老ゆ　は 114
蛇穴を出づ【へびあなをいづ】（春）
穴を出て蛇うつとりと這ひだしぬ　和 66
蛇衣を脱ぐ【へびきぬをぬぐ】（夏）
脱ぐといふ快楽全き蛇の衣　和 70
ためらひのなくて全き蛇の衣　は 113
放屁虫【へひりむし】（秋）
ふんはりと紙につつまれ放屁虫　は 144
ポインセチア【ぽいんせちあ】（冬）
ポインセチア日なたに出して開店す　和 76
鳳作忌【ほうさくき】（秋）
くちびるにレモンのしみる鳳作忌　和 74
ボート【ぼーと】（夏）
なにごとかふりきるやうにボート漕ぐ　和 21
干柿【ほしがき】（秋）
人影を渡してゆくよ柿すだれ　和 75
螢袋【ほたるぶくろ】（夏）
隠れ里見えたる螢袋かな　は 123
牡丹鍋【ぼたんなべ】（冬）
ぶしつけなこと訊いてゐる牡丹鍋　は 98
海鞘【ほや】（夏）
海鞘食うてすひつくやうな陸奥なまり　和 43
盆の月【ぼんのつき】（秋）
紀ノ川の太りてきたる盆の月　は 115

ま行

マスク【ますく】（冬）
対岸の人の大きなマスクかな　は 120
間引菜【まびきな】（秋）
鈴振るやうに間引菜の土落とす　和 26
大根とならむとする香間引菜に　和 46
間引菜の一盛空気買ふごとし　和 46
豆撒【まめまき】（冬）
癒ゆる身に豆やはらかく打たれけり　和 51
摩耶詣【まやもうで】（春）
瘦馬の尻に付きゆく摩耶詣　は 138
金縷梅【まんさく】（春）

まんさくや焦点どこに結びても　は　100

蜜柑【みかん】（冬）
蜜柑もぐ蜜柑山より顔を出し　は　120

水草生う【みくさおう】（春）
水中の太陽近し水草生ふ　和　54

水涸る【みずかる】（冬）
水涸れてざつくりと谷空いてゐし　和　32

水鳥【みずとり】（冬）
水鳥のくるりと水に順へり　は　147

水羊羹【みずようかん】（夏）
律院の一汁一菜水やうかん　和　24

鷦鷯【みそさざい】（冬）
休日の夫の勉強三十三才　は　125

霙【みぞれ】（冬）
ラジオより黒人霊歌霙ふる　和　33

耳袋【みみぶくろ】（冬）
耳袋して雑踏をすいすいと　は　99

ミモザ【みもざ】（春）
花ミモザすとんとうすき服を着て　は　108

都鳥【みやこどり】（冬）
くれなゐの脚に身をのせ百合鷗　和　50

無月【むげつ】（秋）
無月なり鉄のにほひの駅に着き　は　104

虫【むし】（秋）
火をおこす一念に似て虫の声　和　59

紫式部【むらさきしきぶ】（秋）
実むらさき朝の空気に磨かるる　は　145

名月【めいげつ】（秋）
望の夜の人にてのひら魚に鰭　は　87

メロン【めろん】（夏）
皿のメロン茫々とある別れかな　は　132

毛布【もうふ】（冬）
捨猫の出てくる赤き毛布かな　は　89

木犀【もくせい】（秋）
見えさうな金木犀の香なりけり　和　74
木犀の香の濃し淡し家探す　和　75
木犀やバックミラーに人を待つ　は　96

餅配【もちくばり】（冬）
犬の尾のきりきり巻くよ餅配　は　126

餅搗【もちつき】（冬）
いきもののごとくに運ぶ餅ぬくし　和　32

桃の花【もものはな】（春）

木の音の階段のぼる桃の花　は　139

桃の実【もものみ】（秋）

とめどなき雫の水蜜桃をむく　は　115

や行

焼野【やけの】（春）

原色の走者一団去り焼野　和　51

八手の花【やつでのはな】（冬）

夜は明けぬ八手の花の微光より　和　61

忙中の閑の湯にあり花八手　和　76

柳の芽【やなぎのめ】（春）

芽柳やはじまる前のちんどん屋　は　91

芽柳のなかあきらかに鳥一羽　は　101

山桜【やまざくら】（春）

そのもとへ誰も着かざる山桜　は　130

山笑う【やまわらう】（春）

山笑ふ雑巾のみなあたらしく　は　109

夕立【ゆうだち】（夏）

夕立の動物園に森の声　和　24

鶏の駆けくるごとく夕立来る　和　45

タンカーの静止してゐる白雨かな　は　112

夕焼【ゆうやけ】（夏）

海の名のかさなるあたり大夕焼　和　45

浴衣【ゆかた】（夏）

娘より母の美し藍浴衣　和　58

鴨足草【ゆきのした】（夏）

飼ひ犬の老ゆるはやさよ鴨足草　は　94

雪晴【ゆきばれ】（冬）

雪晴やガラス戸消ゆるまで磨く　は　106

行く春【ゆくはる】（春）

行く春のひとりの卓に椅子四つ　は　102

行く春や海見えずして潮の香　は　110

行く春や種たつぷりの鳥の糞　は　122

行く春の砂つけてゐる犬の鼻　は　140

柚餅子【ゆべし】（秋）

地図になき山の村より柚餅子売　和　30

百合【ゆり】（夏）

百合生けて壺より深き水と思ふ　和　56

腕の中百合ひらきくる気配あり　和　71

葭戸【よしど】（夏）

葭障子透けて誰とも目の合はず　は　141

四日【よっか】（新年）

四日はや鍼灸院の通気口　は 135

夜長【よなが】（秋）
正論にひそかに耐へし夜長かな　和 28
病む人のまた起きてくる夜長かな　和 75
長き夜を滅びへローマ帝国史　は 97

夜店【よみせ】（夏）
客の来し店より夜店はじまれり　和 43

夜の秋【よるのあき】（夏）
触れあはぬ距離に街路樹夜の秋　和 58
座布団を足して寝ころぶ夜の秋　は 142

ら行

立秋【りっしゅう】（秋）
今朝秋の新聞の香に菜をつつむ　和 45

立冬【りっとう】（冬）
革靴の光の揃ふ今朝の冬　は 97

竜天に登る【りゅうてんにのぼる】（春）
竜天に登りて島を数珠つなぎ　は 139

竜淵に潜む【りゅうふちにひそむ】（秋）
竜淵にひそむ細波たちにけり　は 144

涼風【りょうふう】（夏）
涼風や直感で入る喫茶店　は 112

良夜【りょうや】（秋）
新築の家に灯ともる良夜かな　和 27
一幅に一字のあそぶ良夜かな　和 60
甘海老ののんどを通る良夜かな　は 104

緑蔭【りょくいん】（夏）
緑陰に楽器のやうなオートバイ　和 69
緑蔭にゐてまつすぐに人を見る　は 142

臘日【ろうじつ】（冬）
臘日の首振つて来る鳩の影　は 89

わ行

綿虫【わたむし】（冬）
綿虫や仕舞ひつつ売るみやげもの　は 97

吾亦紅【われもこう】（秋）
大股に来る人の手の吾亦紅　は 145

あとがき

このたび、句集『和音』と『はじまりの樹』が一冊の作品集になりました。さまざまな思い出がこの中に詰まっていますが、ここからまた新たな一歩を踏み出したいと思います。たくさんの縁に感謝します。

二〇一三年夏

津川絵理子

——著者略歴——

津川絵理子（つがわ・えりこ）

1968年　兵庫県明石市に生れる
1991年　「南風」入会
　　　　鷲谷七菜子、山上樹実雄に師事
2006年　句集『和音』刊行
2007年　『和音』により第30回俳人協会新人賞
　　　　受賞
　　　　第53回角川俳句賞受賞
2012年　句集『はじまりの樹』刊行
2013年　『はじまりの樹』により第１回星野立
　　　　子賞、第４回田中裕明賞受賞
南風副代表　俳人協会会員

現住所　〒658-0081
　　　　神戸市東灘区田中町5-1-12-921

発　行　二〇一三年八月二三日　初版発行　二〇二三年一一月一日　四刷
著　者　津川絵理子©
発行人　山岡喜美子
発行所　ふらんす堂
〒182—0002　東京都調布市仙川町一—一五—三八—二F
TEL（〇三）三三二六—九〇六一　FAX（〇三）三三二六—六九一九

津川絵理子作品集 I　ふらんす堂文庫

URL：http://furansudo.com/　E-mail　info@furansudo.com
振　替　〇〇一七〇—一—一八四一七三
装　丁　和　兎
印刷所　㈱日本ハイコム
製本所　三修紙工
ISBN978-4-7814-0588-9 C0092 ¥1800E